LA PERFIDIE DES ANGLAIS DÉVOILÉE

LA LOI MONÉTAIRE

LES GRAVES CONSÉQUENCES

pour la France

D'AVOIR RENIÉ

LES PRINCIPES DE MIRABEAU

PAR

ERNEST CAMBIER

Industriel, Agriculteur, Maire de Pont-à-Vendin

(Pas-de-Calais)

10 Mars 1896

DOUAI

IMP. L. CRÉPIN, L. et G. CRÉPIN Frères Successeurs

23, rue de la Madeleine, 23

LES GRAVES CONSÉQUENCES

pour la France

D'AVOIR RENIÉ

LES PRINCIPES DE MIRABEAU

LA PERFIDIE DES ANGLAIS DÉVOILÉE

LA LOI MONÉTAIRE

LES GRAVES CONSÉQUENCES

pour la France

D'AVOIR RENIÉ

LES PRINCIPES DE MIRABEAU

PAR

ERNEST CAMBIER

Industriel, Agriculteur, Maire de Pont-à-Vendin

(Pas-de-Calais)

10 Mars 1896

DOUAI

IMP. L. CRÉPIN, L. et G. CRÉPIN Frères Successeurs

23, rue de la Madeleine, 23

L'intensité de la crise agricole, impose aux travailleurs le devoir d'en rechercher les causes, d'en étudier les remèdes pour nous arrêter, s'il en est encore temps, sur la pente qui, je le crains, doit fatalement aboutir à une catastrophe.

Dans une circulaire du 4 décembre 1894, (Les causes de la Crise — Le remède), j'ai essayé de traiter ces importantes questions, de démontrer la perfidie des Anglais et de prouver comment les grands intérêts de la Patrie avaient été inconsciemment sacrifiés aux intérêts de l'Angleterre, seule et unique cause de la crise actuelle.

Je vais essayer d'en prouver les terribles conséquences pour la France et l'Europe.

Pour favoriser le commerce, l'industrie, la vente des produits agricoles, pour amener une entente entre tous les sujets de la Nation Française, faciliter les transactions internationales entre tous les peuples et améliorer le bien-être universel, les grands hommes de la Révolution, Mirabeau et autres, décrétèrent comme mesure légale, le système métrique sur la base du franc, la valeur de l'or étant acceptée à poids égal à 15 1/2 contre 1 d'argent. Qu'est-ce que le franc ? tous les français répondront : 5 grammes d'argent.

Tel fut l'un des grands principes de notre Révolution qui fut accepté, reconnu par tous les peuples civilisés du monde, et qui servit de base à toutes les transactions honnêtes entre tous les peuples de la terre jusqu'en 1873.

La pièce d'or de 20 francs avait la même valeur que 20 francs d'argent et réciproquement ; il en était de même pour les lingots d'or et d'argent qui n'avaient qu'à supporter en plus les frais de la frappe ; il suffisait de se présenter à l'Hôtel de la Monnaie avec un kilog d'argent en lingot pour qu'on vous donnât 200 francs de monnaie, il en était de même pour l'or avec la différence mentionnée plus haut.

En Europe, (excepté l'Angleterre) en Amérique. en Asie, dans les Indes, tous les peuples reconnurent la valeur légale du franc en argent et l'appoint de l'or à 15 1/2 contre 1.

Les affaires se faisaient loyalement, les fermiers, les industriels, vendaient leurs produits au cours du jour, qui était universellement le même, avec la différence du transport. Alors, il était possible aux producteurs de maintenir la valeur de leurs produits ; quand il y avait une baisse trop accentuée, ils les conservaient un certain temps, les prix se relevaient forcément ; ils se nivelaient dans le monde entier, avec la différence du transport ; si le quintal de blé se vendait en 1873, 28 francs les 100 kilog à Paris et Londres, et que le transport de Buenos-Ayres ou d'ailleurs, à Marseille et Paris était de 4 francs le quintal, il se vendait 4 francs de moins, soit 24 francs au port d'achat.

On ne pouvait pas livrer de blé en France en dessous des prix établis, connus de tous, ou à un écart très faible, attendu qu'on pouvait en acheter partout aux prix cotés. Les vendeurs et les acheteurs le savaient très bien, aussi les prix se maintenaient à des taux raisonnables pour le bonheur de tous les peuples

La France acceptant l'or au pair de l'argent dans la proportion de 1 à 15 1/2, toutes les grandes banques du monde acceptaient la monnaie d'argent, ou l'argent en lingot, au cours légal, et l'échangeaient contre de l'or, des billets ou des traites sur la France. Les banquiers anglais l'acceptaient n'ayant qu'à l'envoyer en France contre de l'or.

S'il arrivait une forte baisse dans les produits agricoles, elle n'était que passagère et les prix remontaient aussitôt que les producteurs ne vendaient plus.

Les cultivateurs étaient libres, heureux, la vente

de leurs produits se faisait loyalement, tout allait
pour le mieux pour eux et pour tous : à Paris, à
Calcutta, à Buenos-Ayres, à Pékin, à New-York,
tous reconnaissaient que la valeur du franc était 5
grammes d'argent et acceptaient un kilog. de mé-
tal d'argent pour 200 francs moins les frais de
frappe. Les affaires étaient très faciles, les rapports
agréables. Toutes les nations d'accord, unies et
heureuses des grands principes d'équité et de justice
de la Révolution Française.

Alors notre agriculture française était en pleine
prospérité, tous les produits se vendaient à des prix
rémunérateurs, céréales, vins, sucres, alcools, etc,
tous les produits agricoles se vendaient bien, l'ensemble des transactions donnait dans toute la France
une circulation monétaire annuelle de plus de 8
milliards.

Avec la valeur d'une telle production tout allait
pour le mieux, les cultivateurs faisaient des dépenses
lesquelles favorisaient le commerce et l'industrie, donnaient la prospérité dans les villes, la consommation progressait, tout le monde était heureux, notre
budget national s'équilibrait avec des excédents.

On ne craignait pas alors la production d'outre-
mer si, grâce à la vapeur, le transport coûtait moins,
à cette baisse de quelques francs, avec les engrais ar-

tificiels, on y avait trouvé une compensation dans la culture intensive, on était en droit d'espérer que cette prospérité toute naturelle se serait continuée pour la fortune publique, pour le relèvement de notre chère France.

Qui aurait jamais pu supposer que cette heureuse situation, si équitable, qui avait favorisé le progrès dans toutes les nations du Globe et amélioré la position de tant de peuples, aurait été un jour bouleversée de fond en comble par les Anglais ?

Des financiers importateurs cosmopolites naturalisés Français, se sont entendus avec les Anglais pour chercher, tous les moyens possibles de rompre cette entente si loyale entre tous les peuples, laquelle ne leur permettait pas d'exploiter, de ruiner le monde à leurs profits.

Sous prétexte de l'invasion de l'argent en France et en 1873, le ministre des finances demanda et obtint de la Chambre des députés, le droit de faire suspendre momentanément la frappe libre d'argent, qui du même coup fut suspendue dans tous les pays. A quel motif obéit-il ! Grand Dieu !

Le prétexte était que l'Allemagne nous inonda-d'argent de ses thalers en échange de notre or, mais aussitôt que l'Allemagne crut perdre sur ses thalers elle ne nous en envaya plus.

Il est regrettable qu'une erreur de la part de l'Allemagne, dont nous aurions dû profiter, ait tourné au contraire à notre détriment par suite de l'aveuglement du Ministre des finances qui a fait ordonner la suspension de la frappe libre de l'argent. Nous aurions dû recevoir les thalers Allemands autant qu'ils auraient voulu nous en donner et ne pas suspendre la frappe libre de l'argent.

Tel aurait dû être, à mon avis, le devoir du ministre des finances pour la défense des grands intérêts de la nation.

Pour notre malheur la presse annonçait l'invasion de l'argent en France. Si, avant de traiter cette grave question, elle s'était rendue compte de la progression des affaires qui, en 20 ans, de 1852 à 1872, avait augmenté de 30 à 72 milliards, soit de plus de 2 milliards par an, alors que la production de l'or et de l'argent réunis n'atteignaient pas 1 milliard, elle aurait compris qu'elle entravait la prospérité publique.

On espérait que la suspension n'aurait été que momentanée, que la France Républicaine, s'inspirant des grands principes d'équité et de justice de Mirabeau et autres, n'aurait pas commis la grande faute de laisser détruire l'œuvre de la Révolution de nos pères, d'en supprimer les bienfaits pour la France et le monde, en supprimant la valeur légale du franc, base du système métrique, base des transactions honnêtes, base qui, jusqu'en 1873 avait favorisé la marche du progrès, avait donné l'union, l'entente entre toutes les nations du globe, en facilitant loyalement les échanges à des prix uniformes, invariables et universels, pour le bonheur de tous les peuples.

Il n'en fut malheureusement rien, la Chambre eut le grand malheur de se laisser prendre au piège adroitement tendu par les Anglais et les financiers cosmopolites.

Ce fut alors que les effets de cet acte malheureux commencèrent à se faire sentir.

Certains pays d'Europe et d'outre-mer, qui avaient considérablement progressé, avaient contracté avec les Anglais des emprunts payables, capital et intérêts, en or ; ils comptaient sur la stabilité d'une situation qui durait depuis la Révolution, ils avaient confiance dans le principe de la Révolution Française, la valeur légale du franc, l'or ayant toujours été accepté en échange de l'argent à 15 1/2 contre 1 depuis environ 3/4 de siècle. Après le malheureux décret de la suspension de la frappe libre d'argent en France, les Anglais exigèrent de l'or pour leurs recouvrements, leurs intérêts, leurs marchandises, leurs transports. Ces pays n'en ayant pas, ils durent en acheter, ce fut alors que les Anglais et les financiers cosmopolites profitèrent du terrible décret de la Chambre Française pour les ruiner, eux qui avaient eu confiance en nous pour faire respecter la valeur légale du franc.

On se rappelle les catastrophes de la République Argentine, du Portugal, de la Grèce, pays exploités indignement par les Anglais et les financiers cosmopolites; leur audace ne connaissant plus de bornes, ils exigèrent le double, le triple en argent, en échange de l'or; à Buenos-Ayres il fallait 335 francs et plus de monnaie pour avoir 100 fr. d'or. Une partie de ces pays ne pouvait résister, ils suspendirent momentanément leur paiement. Ils continuent de payer en or, mais avec une prime ruineuse sur le change.

Les autres pays restent exploités illégalement par les Anglais et les financiers cosmopolites, ils subissent tous les terribles conséquences du fatal décret de la hausse du change. S'ils avaient à payer 200 francs avant 1873, ils payaient avec la valeur de 10 quintaux de blé à 20 francs, en 1895 il leur en faut vendre 30 quintaux pour payer les 200 francs, il leur faut 600 francs d'argent pour avoir 200 francs d'or, d'où une nécessité de vendre 3 fois plus de produits ce qui amène forcément une baisse sensible qui se répercute dans le monde et dont profitent encore les Anglais et financiers cosmopolites.

L'argent dans ces pays d'outre-mer a conservé la même valeur, le franc reste la mesure légale, les transactions dans l'intérieur, se font sur ce principe, les produits agricoles ont conservé à peu près la même valeur, l'agriculture a conservé une certaine prospérité, il n'y a que pour les paiements qu'ils doivent faire en or, qu'on exige d'eux un paiement double ou triple de ce qu'ils payaient auparavant selon la hausse du change, qui est à la merci des Anglais et des financiers importateurs cosmopolites.

On a acheté aux mêmes taux la production agricole de ces pays d'outre-mer qu'on est venu vendre en France, en Europe, à des prix ruineux pour les cultivateurs.

Rien de plus facile pour les importateurs financiers Anglais cosmopolites.

Il suffisait de déposer 100.000 francs en or dans une banque à Paris, ou à Londres, de se faire créditer de pareille somme à Buenos-Ayres en se couvrant d'équivalent en blé payable en or. Si le blé valait 20 fr. les 100 kilog. on faisait acheter de l'argent pour le payer, avec 100.000 francs d'or, on avait 300.000 francs, et plus de monnaie, ou on le payait en or au 1/3 de la valeur, soit 6.66 ; transport en France 3.34 soit 10 francs les 100 kilog. les blés valaient 22 francs, mettons 20 francs, on réalisait un bénéfice de 100 pour 100. En continuant avec le même capital et bénéfices les mêmes opérations pendant un an, on pouvait faire une opération tous les 40 jours, ce qui était très possible, on arrive à des fortunes monstrueuses qui ont été réalisées par les financiers importateurs Anglais et cosmopolites.

TABLEAU

1er Janv.	100.000 fr. ont donné le 15 Févr.	200.000
16 Févr.	200.000 » » » » le 31 Mars	400.000
1er Avril	400.000 » » » » le 15 Mai	800.000
16 Mai	800.000 » » » » le 30 Juin	1.600.000
1er Juillet	1.600.000 » » » » le 15 Août	3.200.000
16 Août	3.200.000 » » » » le 30 7bre	6.400.000
1er Oct	6.400.000 » » » » le 15 9bre	12.800.000
15 Nov.	12.800.000 » » » » le 31 Xbre	25.600.000

et ainsi de suite depuis 1873.

On le voit, après le fatal décret, avant qu'on ne mette les droits d'entrée sur les blés, certains importateurs financiers cosmoplites ont pu, avec 100.000 francs, augmenter en un an (256) fois leur capital, réaliser des bénéfices s'élevant à (25) millions.

Que n'ont-ils pas réalisé ceux qui disposaient de nombreux millions ? Je laisse mes lecteurs et le pays juges : comment qualifier pareils actes ?

Ce qui s'est fait sur les blés, s'est fait sur toutes les céréales, sur tous les produits agricoles, soie

brute, cuirs, peaux, graines oléagéneuses, etc. En
comparant les bienfaits des principes de la Révolution, l'ère de prospérité qui s'en suivit, les échanges,
transactions honnêtes, qui se firent dans le monde
sur la mesure légale du franc, jusqu'en 1873, on ne
peut s'expliquer que l'Europe ait toléré pareille illégalité et que c'est à la France elle même, que revient
cet acte malheureux, qui, en reniant les principes
de Mirabeau, a détruit l'équilibre universel au détriment de notre agriculture et de tous les travailleurs] de
la France, de l'Europe, des Etats-Unis d'Amérique.

Que s'est-il passé depuis ? Nos agriculteurs, nos
petits cultivateurs si nombreux, qui avaient été tous
si heureux avant 1876, avaient tous des économies ;
leurs terres étaient bien amendées, ils avaient tous
dans leurs bas de laine des fonds de réserve pour
acheter des bestiaux, des engrais pour alimenter le
riche sol de notre pays, les terres avaient beaucoup de
valeur, ils étaient tous heureux.

Les Anglais et importateurs financiers cosmopolites favorisés par la hausse de le l'or achetaient des
blés 20 francs les 100 kilos à Buenos-Ayres, lesquels
ne revenaient en France qu'à 10 francs, où ils les
vandaient 21 fr. - 22 francs, ils gagnaient 100 pour
100. A cette invasion de blés et autres produits agricoles d'outre-mer, nos cultivateurs purent résister

longtemps, ils avaient tous beaucoup d'économies,
mais, avec le temps on vient à bout de tout ; ils ven-
dirent toutes leurs céréales et autres produits agricoles en pertes ; les économies ne tardèrent pas à dis-
paraître, la gêne se fit sentir, on dùt emprunter, hy-
pothéquer le patrimoine de famille pour couvrir les
pertes, les terres diminuèrent de valeur, la culture
délaissée, et, de mal en pis, on est arrivé à une situation très grave ; les cultivateurs sont découragés,
notre agriculture s'épuise, se meurt, elle est perdue
sans remède, si on ne revient pas aux principes
d'équité et de justice d'avant 1873, aux grands principes de Mirabeau, du système métrique, sur la mesure légale du franc.

On a permis à des importateurs financiers cosmopolites, par la hausse déloyale du change, de ruiner
une forte partie de nos cultivateurs. Qu'elles en fu-
rent les conséquences ?

Pour le passé, une baisse d'environ un milliard
cinq cents millions par an sur toutes les transactions,
sur la vente des produits agricoles.

Pour le présent, une diminution considérable de la
valeur de la terre, de la fortune publique de la France.

Pour l'avenir, la plus terrible des catastrophes
financières, agricoles et industrielles avec ses plus
graves débordements, si on n'agit pas, si on ne prend

pas les mesures en conséquence pour modifier, au plus vite cet état de choses déplorables.

Les adversaires de la frappe libre de l'argent, sous prétexte de défendre les intérêts des consommateurs, viennent dire que c'est un bonheur pour les ouvriers des villes d'avoir les objets de consommation à vils prix. Ils semblent ignorer que les ouvriers des villes ne représentent qu'une minorité, que plus des 3⧸5 de la population et la majorité des ouvriers français habitent la campagne qu'ils sont obligés d'abandonner à regret, faute de travail rémunérateur, pour aller grossir le nombre déjà trop élevé des ouvriers des villes.

Ils bénéficient de 10 à 20 centimes par jour sur leur pain, ils perdent 50 centimes et plus sur leur salaire quotidien. Mais la crise se répercute aussi dans les villes et frappe les industries, où, là aussi, les ouvriers voient leur salaire diminué, le travail sacrifié. Qu'on se reporte à 20 ans en arrière, quand l'agriculture était prospère, quand les blés et autres produits se vendaient à des prix raisonnables, les cultivateurs, les ouvriers des villes et des campagnes étaient heureux, tout le monde content et notre budget national en excédent.

On entend dire partout que la baisse du métal argent provient de l'excès de production, elle a, en effet augmenté ; la production de l'Univers pour l'année 1895 atteint 5.147.628 kilogrammes, à la valeur légale du franc, soit pour environ 1 milliard, soit le 1|4 de notre budget national ; cette production serait très facilement absorbée par les nations du Globe, elle pourrait l'être par la France seule qui en aurait le plus extrême besoin annuel.

Aux prix pratiqués avant les effets du décret de la suspension de la frappe libre de l'argent, la valeur de la production des produits agricoles s'élevait à environ 15 milliards, en ne prenant que la moitié de cette production elle donnait une vente de 7 milliards 1|2 qui amenait des transactions de même importance, lesquelles donnaient annuellement dans la circulation publique. cette masse de monnaie d'or, d'argent ou de billets de banque, nécessaire à la prospérité générale, au développement de l'agriculture, du commerce et de l'industrie et à l'alimentation des recettes budgétaires ; elle était indispensable à la France pour lui permettre de conserver la prépondérance dans le monde, pour y maintenir la stabilité et l'honnêteté des affaires commerciales, sur la valeur légale du franc.

En admettant, depuis 20 ans, de 1876 à 1896, une baisse moyenne des produits agricoles de 20 0|0 sur ces 7 milliards 1/2, comparée à la moyenne de

10 années de 1866 à 1876, on arriverait à un déficit
d'environ 1 milliard 500 millions de francs qui repré-
sentaient les bénéfices réalisés par nos nombreux
cultivateurs. C'étaient ces 1 milliard 500 mi'lions de
monnaie, qui, circulant dans le public, de mains en
mains, donnaient la prospérité, le bien-être partou' ;
en multipliant par 20, on arriverait au chiffre de 30
milliards qui, depuis 20 ans, auraient manqué dans
la circulatio 1 publique du peuple Français.

On parle tant du malheureux Panama, mais nous
en avons un bien plus grave qui se renouvelle tous
les ans depuis la suspension de la frappe libre de
l'argent.

Ces 1 milliard 500 millions de francs annuellement
perdus par nos millions de cultivateurs, par la baisse
de la valeur de leurs produits agricoles, sont aug-
mentés aujourd'hui considérablement et les menacent
de la ruine irrémédiable.

Est-on surpris de l'intensité de la crise qui s'ag-
grave? est-on surpris que l'ouvrier des campagnes
émigre vers les villes? de la diminution de la valeur
de la terre qui s'accentue de plus en plus, de la diminution de la population, de la diminution de la consommation qui amène forcément des déficits sérieux
dans les recettes du budget national?

En fait d'amélioration il n'en faut pas attendre si

on ne revient pas à la libre frappe d'argent ; l'agriculture a été et est encore trop éprouvée; on a mis des
droits protecteurs qui compensent un peu ; mais, bien
qu'ils soient élevés, ils sont encore, de beaucoup, infé-
rieurs aux primes que donne le change de l'or dans
de certains pays.

On espère beaucoup avec la loi du cadenas, mais,
pas plus que les autres, cette loi ne produira d'effets
salutaires.

Qu'on en revienne donc de suite aux principes
d'équité et de justice de la valeur légale du franc, qui
reste la monnaie légale de la majorité de la population
de l'univers, pour sauvegarder les intérêts vitaux de
notre chère France, la fortune publique gravement
compromise, le bonheur de tous les peuples, si on
attend, on arrivera trop tard.

Avec le paiement de notre fameuse rançon de
guerre, les financiers Allemands espéraient forcer la
France à se dégarnir de toute la monnaie qu'elle possé-
dait, ils ignoraient que l'agriculture française d'alors,
avec ses 3 ou 4 millions de petits cultivateurs, déte-
nait dans ses bas de laine plus de monnaie que le reste
de l'Europe. Cette richesse nationale était probable-
ment enviée par les Anglais, toujours jaloux de notre
prospérité, cherchant toujours indirectement à nous
faire le plus de mal possible, ils s'entendirent avec les

financiers cosmopolites pour chercher tous les moyens d'accaparer ces 8, 10 milliards de monnaie et peut-être plus, disséminés dans les mains de nos millions de petits cultivateurs, dans lesquelles ils rapportaient 8 à 10 0/0.

Pour les Anglais et financiers cosmopolites, le moyen pratique d'arriver sûrement à nous supplanter dans la richesse numéraire, dans la prépondérance dans le monde, était d'accaparer ces nombreux milliards, de ruiner notre agriculture.

En obtenant de la Chambre française le vote du malheureux décret de l'arrêt de la frappe libre de l'argent, ils sont arrivés à leurs desseins, ils nous supplantent aujourd'hui dans notre rôle prépondérant dans le monde, ils ont ruiné notre agriculture.

Où sont-ils ces nombreux milliards de réserve? Disparus? presque tous, les bas de laine sont vides. Ces milliards sont allés s'entasser dans les coffres des Anglais et des financiers importateurs cosmopolites, où ils ne rapportent presque plus rien, ils n'en savent que faire : Comment utiliser ces nombreux milliards drainés depuis 20 ans à nos millions de petits cultivateurs ? à faire monter les rentes à des taux insensés, comme ils l'ont fait, et à faire baisser tous les revenus.

Tandis que tous nos fermiers sont en partie ruinés

ou sur le point de l'être, les revenus des rentes ont diminué dans de fortes proportions, plus rien ne rapporte, les petits propriétaires, les petits rentiers voient leurs revenus diminués de 40 à 50 o|o ; on se demande avec anxiété où cela s'arrêtera.

Impossible d'appeler l'attention des Français sur cette question, si grave, si grosse de conséquences pour l'avenir, ils paraissent s'en désintéresser, presque tous vous répondront que la crise est générale, que nous sommes encore les mieux partagés, que nous sommes toujours les plus riches !

Telle est l'opinion générale, partagée par presque toute la presse, qui, sans réfléchir, fait cause commune avec les anglais et les financiers cosmopolites, pour laisser se continuer un état de chose qui, à mon avis, doit finir par une catastrophe et peut-être par le Sedan agricole, industriel et financier prédit par Bismarck, et, dans cette situation désespérée pour notre agriculture, nous avons le malheur d'avoir une Chambre qui n'apprécie pas, qui laisse compromettre, par la duplicité des Anglais et des financiers cosmopolites, les grands intérêts de la Patrie.

Au lieu de défendre le travail national, nos cultivateurs si nombreux, on a laissé ruiner des milliers et des centaines de milliers de familles françaises par la concurrence déloyale des Anglais et des financiers importateurs cosmopolites qui, avec les capitaux que la hausse illégale de l'or leur a permis de réaliser, sont arrivés à être les puissants maîtres de la situation, les maîtres absolus de notre Pays, les rois du jour.

Ils détiennent tout, les finances, l'administration, la presse, grâce à leurs milliards, subtilisés à notre agriculture, on les craint, ils font ce qu'ils veulent.

On se demande à quel mobile ont obéi nos Députés en votant le décret de la suspension de la frappe d'argent, par qui ils ont été engagés, poussés dans cette voie fatale, dont les terribles conséquences échappent encore à la majorité de nos représentants.

Il faut voir l'histoire pour savoir quels ont toujours été depuis plusieurs siècles, les véritables ennemis de la France, ceux qui ont toujours hypocritement travaillé à notre perte, ceux qui, à notre franchise, à notre sympathie et à notre loyauté ont toujours répondu par la ruse, la fourberie et l'ingratitude. Tout pour moi, rien pour les autres, telle a toujours été la devise de l'Angleterre, et, dans cette grande perturbation universelle causée par la hausse illégale du change, ce sont encore les Anglais qui agissent pour leurs seuls intérêts. Ils sacrifieraient tous les peuples de la terre à leur égoïsme, si on les laissait faire.

Après la révolution, quand toutes les nations eurent reconnu et accepté la valeur légale du franc, une seule fit exception à la loi commune : l'Angleterre. Elle refusa de faire partie de cette union fraternelle de tous les peuples, elle se tint à l'écart, espérant trouver, avec le temps, l'occasion de rompre cette union, cette entente magnanime entre tous les peuples, qu'elle ne pouvait plus exploiter à sa guise et à son unique profit.

Pour arriver à ses dessins, espoir quelle convoite depuis plus d'un demi siècle, elle a consenti des emprunts remboursables capital et intérêts en or, et quand, d'accord avec des financiers cosmopolites, appuyée par la presse qui annonçait dans beaucoup de journaux l'invasion de l'argent en France, elle put obtenir de la Chambre française le vote du décret de la suspension de la frappe libre de l'argent, elle détruisit notre loi monétaire, la valeur légale du franc, elle nous supplantat dans notre rôle prépondérant dans le monde, elle détruisit l'équilibre, qui durait depuis environ trois quarts de siècle de siècle, il n'y a plus de mesure, plus de base, depuis, elle règne en maîtresse absolue, imposant sa volonté au monde. Elle dispose à sa guise des plus grands stocks d'or du monde, et au besoin d'une partie de celui de la banque de France, laquelle, on se le rappelle, lui en envoya, à sa demande, 80 millions. Elle en fait **hausser la valeur** comme elle le veut.

Avec de l'or, elle put acheter les produits agricoles d'outre-mer indispensables à sa consommation,
à plus de 50 0/0 meilleur marché que par le passé ;
il y en a même, comme le blé, qui leur coûte 100
pour 100 et même moins elle le paie 10 fr. les 100
kilos tandis qu'avant le décret de la suspension de la
frappe libre de l'argent elle le payait 26 francs, mais
il vaut mieux rester plutôt en dessous de la vérité, et
admettre une moyenne de 50 0,0 de diminution sur
l'ensemble des objets de consommation importés par
l'Angleterre.

En 1895, elle a importé, en animaux et objets de
consommation, pour la somme de 4.354.711.5.0
francs. une augmentation de 50 0/0 donnerait une
différence de 2.177.355.760 francs qui ont été éco-
nomisés, gagnés par elle, l'an dernier, rien que sur
l'achat des objets de consommation qu'elle doit im-
porter pour ses propres besoins, sans les fortunes
incalculables qu'Elle et les importateurs financiers
cosmopolites ont réalisé en France, en Allemagne, en
Belgique, en Espagne et partout, en vendant les
produits agricoles à des prix qui ruinaient notre agriculture et celles de ces Pays.

Pour pouvoir acheter les produits agricoles à vils
prix, donner la vie à bon marché au peuple Anglais,
pour favoriser son industrie, son commerce, sa ma-

rine, elle sacrifia son agriculture et la malheureuse Irlande, qui ne représente qu'une infime minorité, qu'environ le septième de la population, elle bouleversa un état de chose consacré par 3/4 de siècle de prospérité générale, d'entente entre toutes les nations de l'univers et de bonheur pour tous les peuples.

Les Anglais savaient ce qu'ils faisaient. en nous supplantant dans notre prépondérance dans le monde, en détruisant notre loi monétaire, la valeur de notre franc. Ils ont réalisé, en 1895, par la baisse des produits agricoles importés pour leur consommation une économie de 2 milliards 170 millions ; en supposant qu'ils en aient réalisé autant tous les ans depuis la snspension de la frappe libre de l'argent, depuis 20 ans ils auraient gagné 43.547.711.52) francs, auxquels on pourrait encore ajouter l'intérêt, avec lesquels ils ont prospéré, et favorisé leur industrie, leur commerce, leur marine, tandis que nous, Français, nous les avons laissé enlever, ces nombreux milliards. à notre Agriculture qui représente, l'âme de notre chère France, la fortune publique, la richesse nationale, qui fait le bonheur du peuple Français en donnant du travail à plus des 3/5 de la population, à cette agriculture dont la prosperité contribuait pour une si grande part à l'équilibre de notre budget national. De 1885 à 1895 l'Angleterre a remboursé 2.245

millions de francs sur ses dettes, tandis que pendant le même temps elles se sont accrues pour l'Europe de 20 milliards 505 millions :

Ces chiffres ne sont-ils pas probants !

Après des résultats si concluants qui sont la richesse pour eux, la ruine pour notre agriculture et pour celles d'autres nations de l'Europe et les États Unis d'Amérique, on comprendra pourquoi ces Anglais s'opposent, de toute leur énergie, à toute entente sur la question monétaire, avec les autres nations : la France, l'Allemagne, les États-Unis d'Amérique. lesquelles comprennent aujourd'hui, malheureusement trop tard, qu'elles ont toute été dupées, par les Anglais et les financiers importateurs cosmopolites.

Ils persévèreront dans la même voie, guidés par leurs seuls intérêts, ne voudront jamais rien entendre, agiront de toute leur influence sur les Gouvernements pour s'opposer à toute entente entre les nations, pour qu'on ne revienne pas aux principes d'équité et de justice de notre loi monétaire sur la valeur légale du franc.

Pensez donc, 43 milliards environ qu'ils ont pu, depuis 20 ans, économiser sur leurs bons amis les Français, sans ceux qu'ils ont réalisés ailleurs, ce qu'ils doivent en rire les Anglais et financiers cosmopolites.

Si la situation reste la même, tous les cultivateurs, agriculteurs y succomberont amenant, à brève échéance la ruine de notre agriculture, et, je le crains, une débâcle sans précédent dans l'histoire. Il suffit de s'en rapporter au chiffre colossal de 30 milliards représentant depuis 20 ans, de 1876 à 1896, la valeur de la diminution des produits agricoles, somme qui a fait défaut dans la circulation du public Français, et qui a amené une autre baisse également considérable, je veux parler de la diminution de la valeur de la terre qui a diminué de 30 à 50 0/0 dans les départements agricoles les plus riches. La baisse des produits agricoles a amené celle des produits industriels ; la diminution de la valeur des produits du commerce extérieur de la France, en 1894, comparée à 1890, accuse une différence de 673 millions à l'importation et de 368 millions à l'exportation, soit 1 milliard 41 millions de baisse de prix et de différence dans le mouvement du commerce général extérieur, soit 15 0/0 de diminution sur l'ensemble des importations et exportations en 15 ans. Où allons-nous !

On est découragé, écœuré, on reste anéanti, écrasé devant les conséquences terribles pour notre pays du malheureux décret de la suspension de la frappe libre de l'argent.

On le voit, la crise qui atteint la France, l'Europe,

et les États-Unis d'Amérique est la suite d'un plan
longuement combiné, étudié et exécuté par les Anglais, d'accord avec les financiers cosmopolites, pour
ruiner notre agriculture, pour ruiner la population
agricole de la France, de l'Europe et des États-Unis
d'Amérique, plan qui avait pour base, l'abolition de
l'un des principes de notre Révolution, la mesure légale sur la base du franc ; ils ont gagné leur procès,
ils sont arrivés à duper la France et les autres nations.
J'ai démontré le but qui les faisait agir, les bénéfices
monstrueux qu'ils ont réalisé déloyalement sur tous
les travailleurs, en même temps que les pertes incalculables pour notre pays, pour l'Europe et les États-
Unis d'Amérique.

A la loyauté de la France, aux principes géné-
reux d'honnêteté et de justice de Mirabeau et de la
Révolution Française, la mesure légale sur la base du
franc, qui dura jusqu'en 1873, qui amena l'union,
l'entente magnanime de toutes les nations, qui faci-
lita toutes les transactions et la vente de tous les produits agricoles, à des prix réguliers, universels et
rémunérateurs, pour le bonheur de tous les peuples,
a succédé, l'égoïsme de l'Angleterre, l'illégalité de la
hausse de l'or, unique cause de la baisse des prix des
produits agricoles, de la grande perturbation universelle, de l'intensité de la crise, de toutes les ruines

dans tous les pays agricoles de l'Europe, de l'Amérique et de la misère générale dans tous ces pays.

Je pense qu'il serait du devoir de la France, de proposer de suite une entente avec les grands Pays qui, comme nous, souffrent de cet état de choses. Les Etats-Unis d'Amérique, la Russie, l'Allemagne, la Belgique, de prendre l'initiative d'une réunion des délégations de ces pays pour s'entendre, pour résister à l'Angleterre, et, si cet accord ne peut pas aboutir dans un délai très prompt, de reprendre purement et simplement la frappe libre d'argent conformément à notre loi monétaire qui n'est d'ailleurs pas abrogée, pour faire cesser un état de choses, qui, malheureusement, n'a que trop duré.

Il suffirait qu'après entente entre elles, toutes les nations reviennent à la mesure légale sur la base du franc et à la frappe libre de d'argent, au taux de 15 1|2 d'argent contre 1 d'or, pour faire succéder à la grande perturbation actuelle, universelle, à cette si grave et si malheureuse crise, cette ère de prospépérité d'autrefois qui a donné, pendant si longtemps, le calme, l'honnêteté des transactions universelles, le bon accord fraternel entre toutes les nations et le bonheur pour tous.

Les intérêts de l'Angleterre étant opposés à cette entente des grandes nations, elle ne devrait pas être consultée, ni même y être invitée, sa présence ne peut que nuire, par son passé, on est fixé d'avance sur ses déloyales intentions.

Si on ne revient pas à ce grand principe, la race blanche serait menacée d'être ruinée par la race jaune, dont les produits à l'exportation sont favorisés par la hausse du change qui, dans ces pays, est d'environ 100 pour 100.

Cent francs d'or, valent 200 francs en Chine et au Japon.

On le voit, il leur serait très facile de nous inonder de tous leurs produits agricoles et industriels, contre lesquels nous ne pourrions rien, ils pourraient les vendre chez nous moitié prix, 50 0|0 en moins, avec la monnaie Française qu'ils peuvent convertir en or, ils toucheraient le double d'argent dans leur pays.

Erneste CAMBIER

Agriculteur Industriel. MAIRE à Pont-à-Vendin (Pas-de-Calais).

Le 16 mars 1896.